Aquiles Nícolas Kílaris
Curvas na Arquitetura Brasileira

Dados Internacionais de Catalogação na Publicação (CIP)
(Câmara Brasileira do Livro, SP, Brasil)

Kílaris, Aquiles Nícolas
    Curvas na arquitetura brasileira / Aquiles Nícolas Kílaris. -- São Paulo : Ciranda Cultural, 2010.

    Bibliografia.
    ISBN 978-85-380-1459-1

    1. Arquitetura - Brasil 2. Fotografia de arquitetura 3. Kílaris, Aquiles Nícolas 4. Urbanismo - Brasil I. Título.

10-09468   CDD-720.981

Índices para catálogo sistemático:

1. Arquitetura moderna : Brasil   720.981
2. Brasil : Arquitetura moderna   720.981

Aquiles Nícolas Kílaris
Curvas na Arquitetura Brasileira

Ciranda Cultural

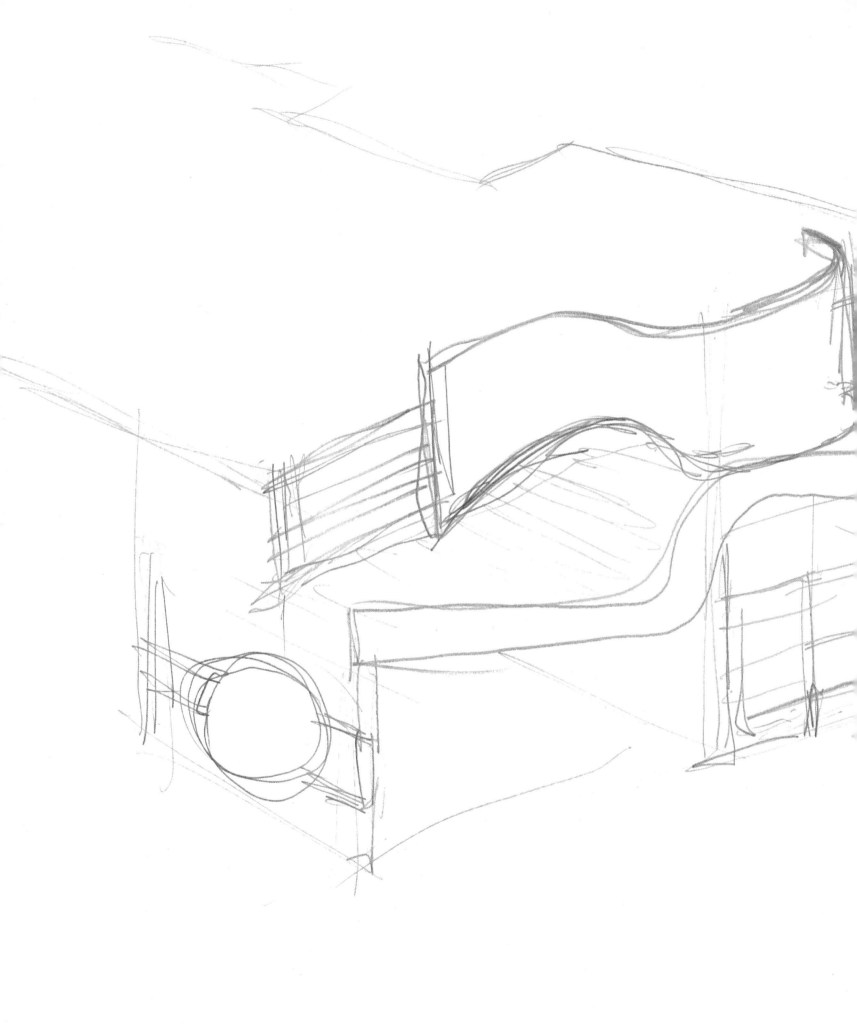

Sumário

Perfil • 07

Casa Imperador • 12

O Campo na Cidade • 42

Home Resort • 60

Casa Barão do Café • 92

O Jeito Loft de Morar • 108

Casa Swiss Park • 124

Casa Santa Mônica • 174

Integração Contemporânea • 180

Casa Iate Clube • 186

Dream House • 190

Casa Altos da Represa • 196

Curvas no Campo • 204

Curvas na Cidade • 208

Casa Guaeca • 212

Projetos Corporativos • 216

Mostras • 250

Créditos e Agradecimentos • 270

A natureza refletida em cada detalhe, curva, cor e traçado. Conhecer o trabalho do arquiteto Aquiles Nícolas Kílaris é desvendar as formas que nos cercam. O profissional de estilo contemporâneo é reconhecido por sua versatilidade em criar obras com arquitetura variada e funcional. Essa característica define uma personalidade com forte influência artística, evidenciada com a mesma intensidade em projetos de residências, indústrias e estabelecimentos comerciais.

Dono de um vasto acervo de projetos, o trabalho desenvolvido por Kílaris conquista admiradores por onde passa, pois consegue reunir beleza, plasticidade, funcionalidade e criatividade, muita criatividade. Fruto de inspiração, pesquisa e horas ininterruptas de dedicação, o resultado agrada aos mais diversos gostos e é digno de ser compartilhado com a História da Arquitetura Brasileira.

Ao longo de sua vida profissional teve como meta desenvolver um estilo próprio e diferenciado. Utilizando as linhas curvas, as formas orgânicas e a integração com a natureza como partido principal, Kílaris consagrou a sua marca. Esse estilo único também prioriza os jogos de telhados e disposições de ângulos, criando amplitude, ventilação, iluminação e projetos internos totalmente integrados com as áreas externas e jardins. Observador, como todo bom profissional da área, ele aprendeu, com a prática, que o uso das linhas curvas agrada muito ao olhar. Por ser infinita, a curva é perfeita e denota à arquitetura o conceito de obra de arte. Norteado por esse princípio, ele desenvolve projetos com efeitos plásticos únicos, que possuem ao mesmo tempo as características de uma arquitetura funcional e minuciosa em todos os aspectos.

Quando ainda era estudante, iniciou uma carreira de designer de móveis e criou uma ampla linha de produtos, utilizando materiais como o aço, o vidro e o tecido. No entanto, a arquitetura venceu todos os desafios das muitas escolhas da juventude.

De origem paterna grega, sempre enalteceu e valorizou suas raízes. Uma viagem para a Grécia, quando era mais novo, teve influência decisiva em sua futura carreira. Ao se deparar com toda beleza e riqueza de detalhes da arquitetura do país, ele não resistiu ao encantamento das construções históricas: colunas, ruínas e monumentos. Foi essa viagem que ajudou a definir seu estilo, diferente da arquitetura praticada no Brasil na época.

Desde a época de estudante, na Pontifícia Universidade Católica de Campinas, defendia um pensamento muito pessoal: a arquitetura acessível a todas as pessoas. Irreverente, acreditou nessa postura e iniciou seu trabalho com liberdade e ousadia. Em pouco tempo, Kílaris teve uma surpresa: o convite de uma conhecida instituição bancária para criar um projeto-piloto para a reforma de uma das agências da instituição. O objetivo do projeto era adequar a

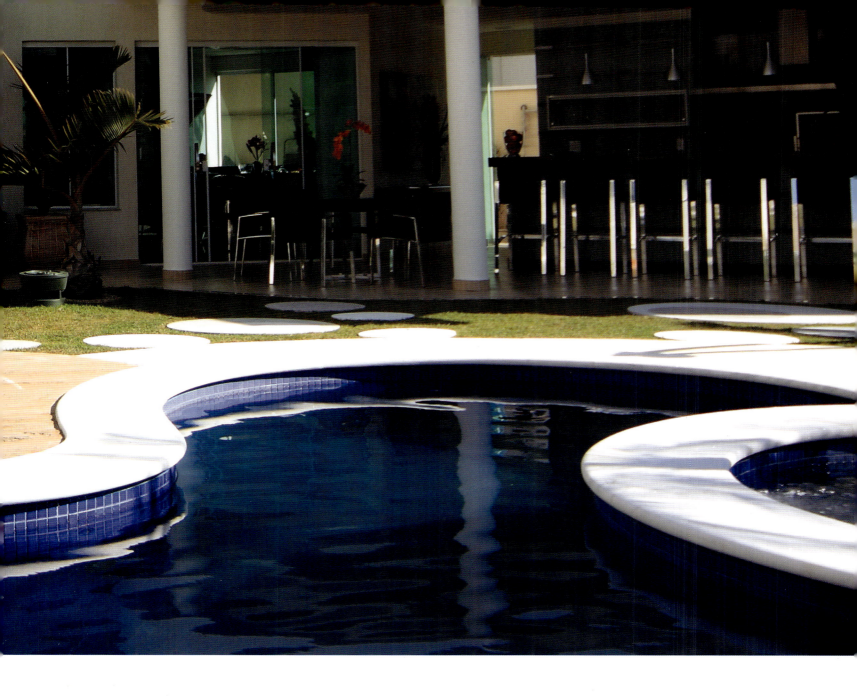

relação arquitetura/bom atendimento e implantar a nova estratégia de marketing proposta pelo banco.
O sucesso no projeto fez com que ele partisse para a estrada, difundindo e implementando sua arquitetura em dezenas de cidades e executando projetos para agências no interior de São Paulo. Os desafios corporativos se sucederam, prevalecendo em seus trabalhos as linhas características, a harmonia e o bem-estar.
Hoje, Aquiles Nícolas Kílaris é um nome consagrado na arquitetura brasileira e começa a ocupar também os mercados internacionais. Além de várias obras em andamento no Brasil, o arquiteto comanda de seus escritórios instalados em Campinas e Americana, obras na África e na Argentina. São 21 anos de profissão, nos quais todos os trabalhos se tornaram marcantes. E Kílaris não faz restrições ao tamanho dos projetos. Para ele, o importante é concretizar com beleza e qualidade o desejo daqueles que procuram seu escritório.
A estrutura profissional que Kílaris mantém permite que ele participe de várias mostras de

arquitetura, entre elas, as últimas cinco edições da Campinas Decor, a Casa Cor Interior 2008 e a primeira edição da Casa Office. Em 2009, Kílaris participou da Casa Cor São Paulo, no Jockey Club, e seu trabalho foi apontado como referência. O ambiente "Suíte do Menino Futurista" assinado pelo profissional, ilustrou a capa do livro da mostra Casa Kids.

A repercussão de seu trabalho reflete diretamente no número de visitas de seu site, **www.arquitetoaquiles.com.br**, sendo um dos mais visitados no Brasil na área de arquitetura, de acordo com estatísticas do Google, o maior portal de busca da Internet. Devido à importância e destaque de seus projetos, o trabalho que Kílaris realiza é reconhecido nacionalmente com publicações em centenas de revistas e livros.

E as ideias fervilham na cabeça de Kílaris, que não resiste a um bom desafio. Seu acervo foi transformado em uma exposição itinerante com 20 painéis contendo 40 fotos e três maquetes. O objetivo é desvendar o universo da arquitetura para profissionais, estudantes e até mesmo leigos no assunto. A exposição, que também leva o nome "Curvas na Arquitetura Brasileira", percorre várias cidades e é montada em locais de grande concentração de público, sendo muito visitada e elogiada pela crítica por contemplar uma arquitetura diferente.

CASA IMPERADOR

A violência das cidades forçou muitas famílias a saírem de suas casas e mudarem para apartamentos. Na busca pela segurança, elas deixaram para trás espaço, privacidade e jardins. A explosão dos condomínios horizontais possibilitou uma volta às origens e uniu em um só lugar as delícias de uma casa grande e bem projetada ao conforto e segurança de um condomínio fechado.

Este foi o raciocínio de um casal de empresários do interior de São Paulo. Preocupados em proteger os filhos, mudaram para um apartamento. Na primeira oportunidade que tiveram, compraram um terreno de 777 metros quadrados em um condomínio e investiram na construção do imóvel dos sonhos.

Para concretizar este desejo, eles decidiram entregar o sonho da família nas mãos de Aquiles, que tem um estilo diferenciado, que valoriza as linhas curvas e a integração com a natureza.

A casa em estilo contemporâneo tem 550 metros quadrados e foi construída para atender todas as necessidades do casal e seus dois filhos. O projeto tem uma divisão interna prática e funcional, com todos os espaços integrados por varandas e sacadas voltadas para o lazer. A piscina, de 47 metros quadrados, segue as linhas orgânicas do arquiteto, tendo o revestimento em pastilhas de tons diferentes formando desenhos variados e é complementada por uma cascata. A luminotécnica foi planejada para valorizar a arquitetura e seus volumes. À noite, as luzes realçam o véu d'água, o interior da piscina, os jardins, os caminhos e o exterior da casa.

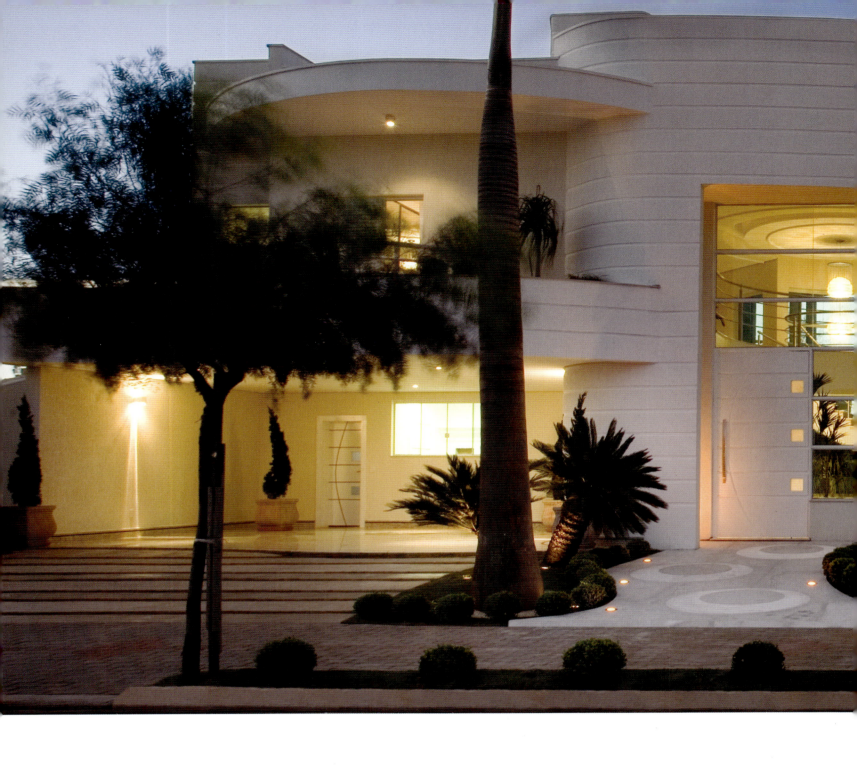

Durante a elaboração do projeto, os clientes conheceram o trabalho da designer de interiores Iara Kílaris. Gostaram tanto que ela passou a assinar os projetos de decoração, paisagismo e acabamento, cabendo ao escritório de Kílaris a arquitetura plena do imóvel. O resultado dessa união de forças foi o grande responsável pelo excelente resultado final do trabalho.

O espaço gourmet da área de lazer está integrado na mesma varanda. Ele recebeu móveis pretos e em aço inox, e foi ambientado por pastilhas azuis que conferem funcionalidade e beleza para a harmonia do ambiente. Tudo foi pensado para receber os amigos e a família nos finais de semana, celebrando, assim, a concretização de um sonho.

A integração começa com o hall de entrada. O living com pé-direito de 6 metros está ligado à sala de jantar. A decoração *clean*, utilizando os tons claros mesclados ao preto e ao marrom, confere um toque de requinte ao ambiente. A escada, que faz um passeio arquitetônico pela casa, leva ao mezanino e à ala íntima.

A nobreza do mármore predominou em todos os banheiros desta casa. No ambiente do casal, o destaque é a divisória que separa a bancada da pia e o vaso sanitário. Nela foi desenhado um nicho que recebeu um vaso e iluminação pontual.
No intuito de oferecer ainda mais conforto, o projeto conta com duas cubas, um par de duchas e banheira que comporta confortavelmente duas pessoas. Para que o relaxamento seja completo, o ambiente foi equipado com sistema de som e tela de LCD.

A cozinha foi projetada à moda das casas antigas do interior, com o fogão junto à parede e uma mesa de almoço ao centro. O espaço também tem grandes portas de vidro que dão acesso à área de lazer, facilitando a circulação entre esses ambientes.
Os móveis e eletrodomésticos usados em aço inox são contemporâneos e a coifa, com design singular, deu o toque especial à cozinha.

No andar superior, os quartos foram projetados com temas, de acordo com o interesse dos filhos do casal. No quarto do rapaz, que é músico, predominaram o branco e o preto. Acima da cama, foi colocada a imagem de um guitarrista tocando seu instrumento.
Na parede lateral, as guitarras de seu uso pessoal foram fixadas de forma removível, como elemento de decoração.

No quarto da menina, foi usada a cor branca, com ambientação rosa e lilás, além de desenhos em painéis de vidro. O ambiente é composto ainda por espelhos e uma bancada de estudos com design assinado pelo arquiteto, que imprimiu nas peças seu estilo característico.

O home office foi concebido de forma funcional para atender às necessidades dos moradores da casa. Bancadas de estudo, nichos para decoração, iluminação pontual, armários e gavetas.
Nada foi esquecido neste projeto que ainda contou com a harmonia das linhas curvas e formas orgânicas em todos os elementos idealizados no ambiente. O sofá multifuncional pode ser transformado em cama de hóspedes. A janela circular simboliza o universo, trazendo energia para o ambiente.

O home theater segue uma nova tendência na utilização deste espaço. O desenvolvimento tecnológico das TVs de LCD e projetores de grande luminosidade e alta definição permite que o espaço do home possa ser usado com portas abertas, sem comprometer a qualidade da imagem.
Por isso, o ambiente foi projetado com aberturas de vidro que podem ser fechadas por cortina quando se desejar uma ambientação escura. Porém, no dia a dia o home pode ser usado completamente integrado com a área de lazer.

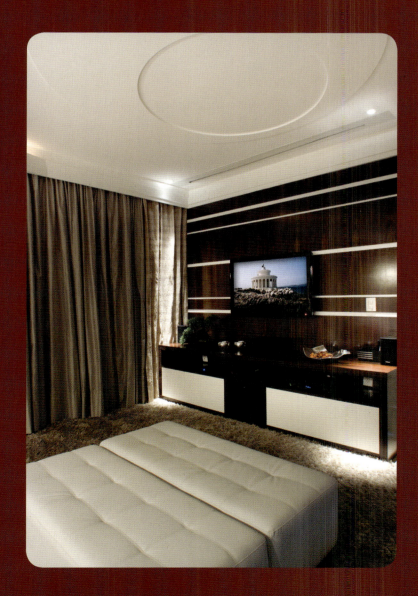

O CAMPO NA CIDADE

Não há nada mais aconchegante do que a lembrança de uma casa de fazenda, ampla, confortável e com aquele cheirinho de café coado na hora em uma bela cozinha rústica. Foi baseado nessas lembranças que o arquiteto projetou esta casa de 372 metros quadrados, no interior de São Paulo, para um casal de empresários e suas quatro filhas. Construída em um centro urbano, o projeto é contemporâneo, mas tem um "ar" de casa de campo. O conceito de morar bem e ao mesmo tempo fugir da insegurança e criminalidade das ruas foi o ponto central do projeto, que trouxe para dentro dos muros da casa uma bela área de lazer com espaço para o convívio, sem perder o jeitinho de receber a família e os amigos, bem típico do interior. Não faltou nem mesmo a sombra acolhedora de uma jabuticabeira e o barulho de uma queda d'água que remete a uma cachoeira.

Na área de lazer, o resgate do campo aparece com força total. A piscina de 24 metros quadrados foi projetada com formas orgânicas e sua cascata sai da estrutura da casa, servindo de cenário para o living. Concebida em pastilhas de porcelana, a piscina tem tons de azul diferentes, que proporcionam a sensação de profundidade e lembram o fundo do mar. O spa e o deque de madeira compõem o visual de relaxamento. O espaço gourmet é ideal para reunir os amigos e, ao fundo, uma jabuticabeira de 25 anos deixa o jardim com um toque de pomar.

Planejado com poucas paredes para dar maior sensação de amplitude, o imóvel traz também linhas curvas, as formas orgânicas e proporciona a integração de ambientes internos com a natureza nas áreas externas.

O projeto integrou ainda a sala de jantar, o living e o home theater e privilegiou o estilo contemporâneo *clean*, usando móveis com design atual e porcelanato no piso. A escada, envolta em vidro e revestida de mármore, possibilita vislumbrar toda a área de lazer e a paisagem urbana do entorno.

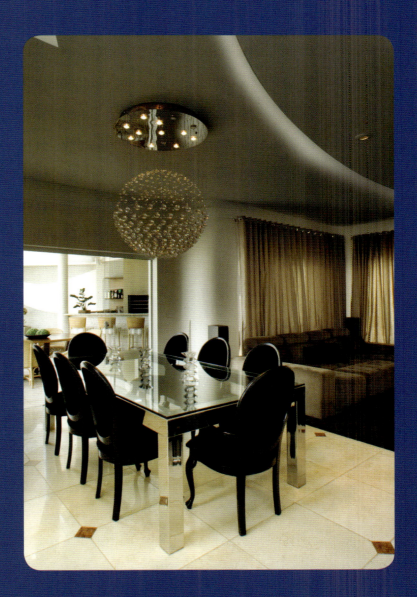

O home theater pode ser integrado ao restante da área social graças aos avanços tecnológicos que permitem maior luminosidade na área de projeção. Uma grande abertura de janela foi protegida com cortinas para escurecer o ambiente quando necessário. O gesso no teto acompanha o partido arquitetônico da casa, que privilegia o traçado curvo.

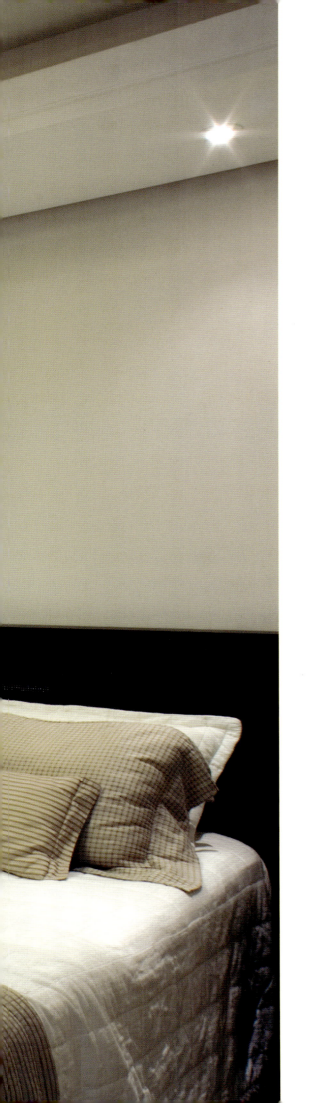

Nos quartos e corredores da ala íntima, o revestimento do piso é laminado de madeira, o que aumenta a sensação de aconchego e a "rusticidade chique".
A decoração abusa das cores claras nos tecidos e paredes. Os tons mais escuros são utilizados em alguns objetos de decoração.

Nos banheiros, um toque clássico e elegante com muitos espelhos e revestimento em mármore e porcelanato. O projeto contempla ainda uma banheira com dois lugares e uma bancada com nicho especial para um pequeno jardim e duas cubas que oferecem mais conforto ao casal. A banheira recebe intensa luz natural proveniente de uma parede de tijolos de vidro.

Na cozinha, a influência do campo é ainda mais forte. Neste ambiente foi instalado um painel de madeira de demolição. O tom escuro da madeira também acompanha armários e o tampo da mesa.

Aliás, neste projeto, a madeira tem um destaque importante. Ela pode ser encontrada em diversos ambientes da casa. O toque contemporâneo está presente na coifa de desenho singular e nos eletrodomésticos e utensílios de última geração.

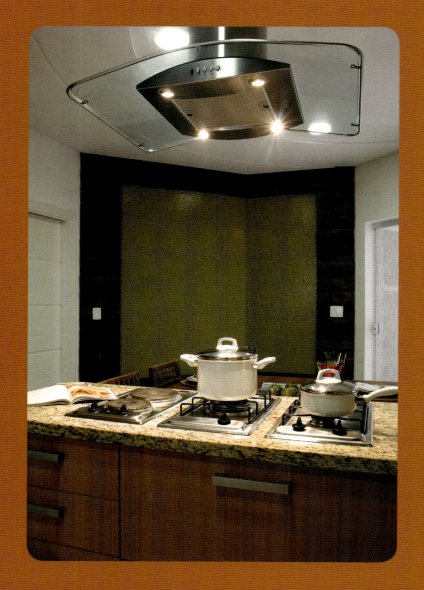

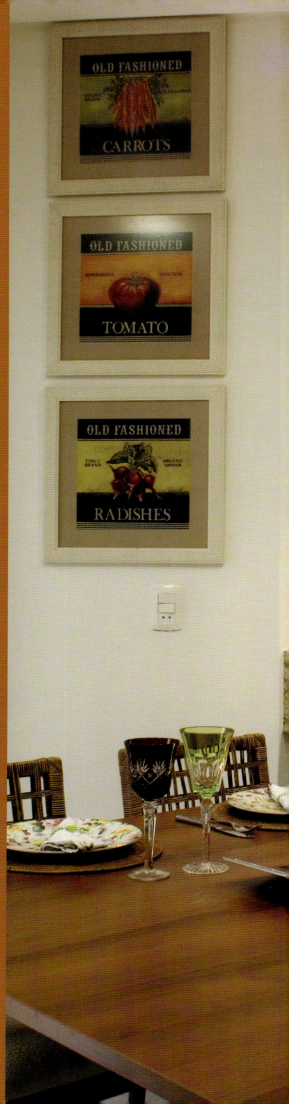

O home office possui móveis em tons mais escuros. O sofá italiano de couro marrom serve de contraponto aos equipamentos eletrônicos e a alta tecnologia existentes no espaço.
A marcenaria do ambiente foi planejada para facilitar o trabalho das pessoas que utilizarem o local. Grandes gavetas, nichos e armários têm a função de organizar pastas, papéis, objetos pessoais e elementos de decoração.

HOME RESORT

O conceito de home resort vem crescendo e ganhando espaço em pequenas e grandes cidades do país. Na busca por qualidade de vida e segurança, as famílias têm privilegiado as áreas de lazer dentro de suas casas. Essa volta para o lar, aproveitando o espaço da casa, é conhecida como cocooning e surgiu nos Estados Unidos. As casas são projetadas com espaços gourmet, piscinas, cascatas, prainhas e saunas. A ideia é reproduzir a natureza dentro de casa, proporcionando encontros de amigos e evitando, assim, os perigos externos. Neste projeto, Kilaris desenhou uma casa de dois pavimentos com 570 metros quadrados, construída em um terreno de 700 metros quadrados. O conceito de home resort foi proposto pelo arquiteto para um casal de jovens empresários com duas filhas pequenas. Esta é uma casa confortável, espaçosa e ao mesmo tempo aconchegante.

A piscina, em formato orgânico, possui cascata, ponte de madeira sobre o espelho d'água e spa. Pensando no bem-estar das crianças, uma "prainha" foi projetada numa de suas margens, onde é possível colocar espreguiçadeiras para aproveitar o sol e se refrescar ao mesmo tempo.

A sauna tem um volume independente do espaço gourmet que nasce da própria laje redonda. Parte dela foi feita em alvenaria e parte em vidro. O espaço gourmet contempla uma área de churrasqueira, forno à lenha, além de uma área de descanso e convívio.

A riqueza nas formas da estrutura desta casa é o grande diferencial arquitetônico do projeto. A laje da garagem se transforma na coluna de sustentação que cruza a fachada em forma de "S".

No que diz respeito à arquitetura, esta casa tem uma estrutura própria que serve de sustentação e ao mesmo tempo lembra uma escultura.
O projeto tem linhas arquitetônicas arrojadas, beleza estética e conforto devido ao cruzamento de ventilação proporcionado por grandes aberturas de janelas. Essas janelas possibilitam uma perfeita integração harmônica com a natureza do entorno da casa, pois de todos os pontos é possível avistar o paisagismo.

No período da noite, o projeto luminotécnico realça as formas, os volumes e toda a arquitetura da casa, criando cenários diferentes que se complementam harmonicamente.

O barzinho projetado em frente ao home theater segue a mesma linha de decoração com clusões ao cinema.

Ele está localizado no living e integra todos os espaços. Em sua estrutura foram usadas pastilhas de coco, madeira e luminária. O espelho teve como função ampliar o ambiente. O trabalho do gesso no teto repete o desenho do mosaico do piso.

O banheiro do casal foi projetado todo em mármore, mesclando o material em branco e preto. Na lateral da banheira foi desenhado um nicho para colocação de um pequeno jardim. Na bancada, duas cubas para facilitar o dia a dia da família.

O quarto do casal, assim como os outros desta casa, abre para a varanda com uma bela vista para a piscina e o paisagismo. No ambiente sóbrio, um nicho com espelho foi colocado na cabeceira da cama para conferir beleza ao espaço. O closet, com uma linha de mobiliário exclusiva, de desenho singular, reflete o conceito da casa. Tudo foi pensado para harmonizar a residência ao estilo da família.

A cozinha é contemporânea, com eletrodomésticos em aço escovado e cadeiras de acrílico. Uma ilha para preparo dos alimentos foi projetada com a finalidade de facilitar a circulação e o trabalho no local. Tudo foi pensado para oferecer a integração da família no momento do preparo e da degustação de alimentos. Detalhe para o vitral, com desenhos alusivos, que permite a entrada de luz natural no ambiente.

O aconchego de fora foi trazido para dentro da casa, com ambientes amplos e funcionais, que atendem às necessidades da família. O home theater espaçoso com decoração que faz referências ao cinema foi criado para atender ao gosto do proprietário, um cinéfilo confesso.

Os dormitórios das crianças seguem a temática infantil feminina em tons rosa. A luminotécnica está presente em cada detalhe. Os móveis foram planejados cuidadosamente para atender às necessidades das meninas. Primeiro eles são importantes para organizar brinquedos. À medida que as crianças crescerem, o local pode ser usado como closet, bancada de estudos e bancada de maquiagem.

Os banheiros destes quartos integram a identidade das cores com a nobreza do mármore e desenhos que valorizam o material e o contraste dos tons.

CASA BARÃO DO CAFÉ

O esporte e o lazer são os pontos-chave deste trabalho assinado pelo arquiteto. Atendendo ao pedido de um jovem casal de empresários, ele projetou uma casa contemporânea de 440 metros quadrados, com uma quadra de squash para ser usada pela família e amigos que compartilham do mesmo hobby. O traço arquitetônico característico do profissional marca o desenho da casa, assim como simetria, harmonia, integração com a natureza, jogos de telhado e cruzamento de ventilação.

O terreno tem topografia plana e está localizado em um tradicional condomínio de Campinas. A fachada segue a característica dos projetos do arquiteto. Uma curva central é o pórtico de entrada com o pé-direito duplo, onde acontece a perfeita integração com o paisagismo. A entrada americana foi revestida com desenhos orgânicos de mosaico português. Grandes palmeiras complementam os elementos básicos.

A área de lazer é completa e conta com espaço gourmet, área com deque no piso para banho de sol, ducha, piscina, cascata e spa. O espaço da piscina é usado como cenário principal, onde há um grande pátio. A piscina possui desenhos com diferentes tons de azul. Em sua borda foram utilizados mármores rústicos. O revestimento do piso no entorno tem nuances de cor em alusão à areia do mar.

Para integrar a quadra de squash à casa, o projeto foi elaborado com pé-direito alto e o mezanino tem a função de fazer a distribuição dos quartos. Todo o projeto de acabamento, incluindo calçamento e detalhes do paisagismo, foi elaborado pela designer de interiores Iara Kílaris, que manteve o partido arquitetônico do projeto, usando materiais de vanguarda. A decoração seguiu uma linha *clean*. A mescla dos tons claros e o uso da madeira foram marcantes. Em alguns pontos, foi utilizado o artifício de uso da cor em formas e desenhos. No living, o uso de espelhos aumentou a sensação de amplitude e a lareira revestida de pedra canjiquinha conferiu charme e elegância ao ambiente.

101

O grande desafio de Kílaris foi projetar uma quadra de squash, com dimensões oficiais, sem atrapalhar a arquitetura da casa. Essa quadra deveria estar integrada e funcionar como salão de festas para eventos realizados pelo casal. Para atender a esse pedido, ela foi camuflada no interior do imóvel, próxima à área de lazer. A integração foi feita por meio de portas de vidro.

O home theater tem móveis exclusivos especialmente desenhados, onde predominam a madeira laqueada branca e o laminado em imbuia, mantendo uma linha arquitetônica que confere identidade ao restante da casa. O lavabo também possui desenhos exclusivos.

O JEITO LOFT DE MORAR

Morar em um loft é mais do que um estilo de vida. É um estado de espírito. Essas construções refletem o jeito de viver de seus proprietários, que não abrem mão do despojamento aliado ao charme e conforto. Projetado inicialmente para os prédios, o loft ganhou força e virou uma mania entre jovens empresários motivados pela sensação de liberdade que os ambientes integrados – sem nenhuma parede – propiciam.

O conceito deu tão certo, que está sendo adotado também nos condomínios fechados. Eles também deixaram de ser uma exclusividade das capitais e estão invadindo as cidades do interior. Pensando em todas essas vantagens, um empresário da região de Campinas encomendou ao arquiteto o projeto de um loft em um condomínio horizontal. A construção, com 127 metros quadrados e pé-direito de 6 metros, tem seus ambientes integrados.

Tudo foi pensado para atender aos desejos do proprietário. Garagem, área de lazer, salas e cozinha americana. A disposição deste loft foi escolhida de acordo com o perfil do cliente, que queria algo prático e confortável. Seu objetivo era receber os amigos. Por esse motivo, foi construído um spa e uma área gourmet ideal para festas e reuniões.

O paisagismo minimalista foi pensado para ser de fácil manutenção e prático, e tem na luminotécnica um elemento de decoração no período da noite. O pátio que circunda o spa tem na madeira e no arco de pérgula características que harmonizam com o ambiente.

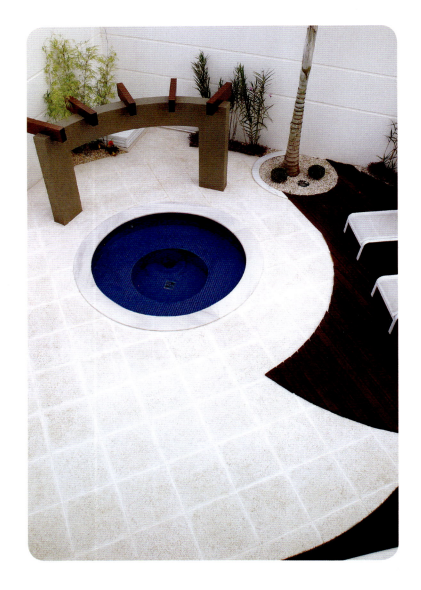

Além da área de lazer, este loft também inova na garagem com vaga para dois carros, o que é uma novidade em projetos dessa natureza. Como elemento principal da fachada, temos um grande vão de vidro protegido por uma cortina automatizada. Isso permite que a luminosidade natural entre na casa de forma programada.

Os vãos de vidro também estão presentes em outros ambientes. Uma grande janela circular irradia luminosidade e energia para a mesa de jantar, que está integrada por outra porta de vidro com o espaço gourmet.

No andar superior, apenas um quarto e o closet. Para aumentar a privacidade, foi projetada uma separação com o banheiro, que ficou reservado. Como diferencial, este quarto possui uma varanda voltada para o cenário do entorno da casa, com vista para uma represa.

Além de ser um elemento funcional do loft, a escada se destaca por sua volumetria e forma curva, abraçando todo o living e realizando um passeio arquitetônico. Mesmo não possuindo fechamento no dormitório, o arquiteto desenhou uma parede no mezanino para oferecer privacidade ao quarto.

CASA SWISS PARK

O desafio foi lançado por um empresário da Grande São Paulo. Projetar uma casa contemporânea, bela, harmônica e funcional em um terreno de 470 metros quadrados com declive de 10 metros. Além da forte inclinação do terreno, os proprietários relataram uma vida social intensa.

A área de lazer da casa não seria usada apenas para as frequentes festas e reuniões com amigos. A ideia do empresário era a de construir um espaço onde ele pudesse receber clientes e até fechar negócios de uma forma charmosa, personalizada e agradável. Na casa deveria haver uma bela adega, sala de jogos e bar. Para relaxar nos finais de semana, um amplo espaço gourmet com piscina, cascata e sauna, ideal para os filhos receberem os amigos e fazerem churrasco.

Espaço gourmet e piscina estão integrados. O paisagismo emoldura de forma harmônica e prática os ambientes externos.

A piscina, em formato orgânico, também recebeu projeto luminotécnico para valorizar no período da noite as curvas arquitetônicas e o véu d'água.

O arquiteto aproveitou a peculiaridade do declive acentuado do terreno a favor do partido arquitetônico e conseguiu oferecer mais privacidade à família. O resultado final ficou surpreendente. Com uma área construída de 746 metros quadrados, Kílaris projetou um imóvel segmentado, dividido em cinco pavimentos, com acesso por escada e elevador. Esta divisão criou áreas de lazer mais independentes, que podem ser aproveitadas por eventuais convidados, sem interferir na rotina da casa. Detalhe para o desenho atípico do muro que vence o desnível de 10 metros de forma leve e plasticamente interessante.

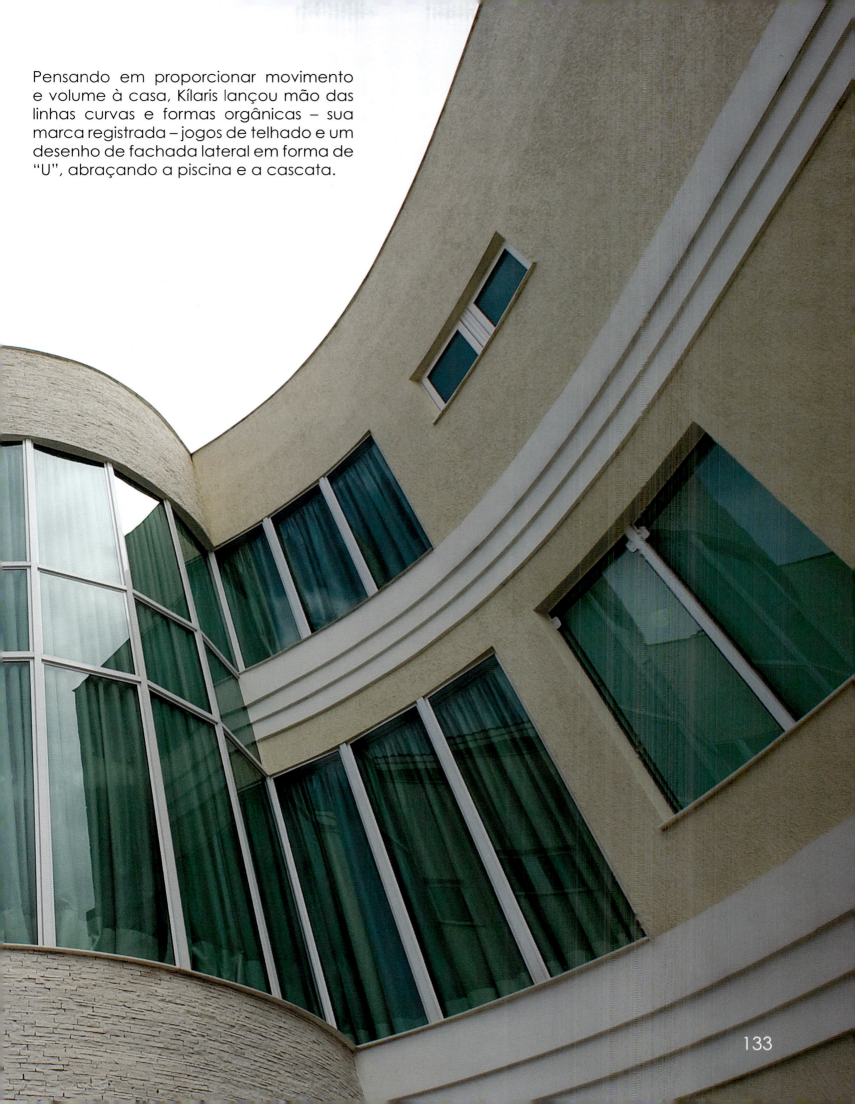

Pensando em proporcionar movimento e volume à casa, Kílaris lançou mão das linhas curvas e formas orgânicas – sua marca registrada – jogos de telhado e um desenho de fachada lateral em forma de "U", abraçando a piscina e a cascata.

O escritório ficou responsável pela arquitetura plena do projeto, desde sua elaboração, construção, acabamento e design de interiores, assinado por Iara Kílaris. O projeto inteligente ofereceu maior comodidade aos moradores, concentrando em dois pavimentos as áreas que são mais usadas, como suítes, cozinha, home theater, escritório e living. Nos outros pavimentos foram distribuídos salão de jogos, garagem, área para os empregados, adega, sauna, espaço gourmet, lavanderia e piscina.

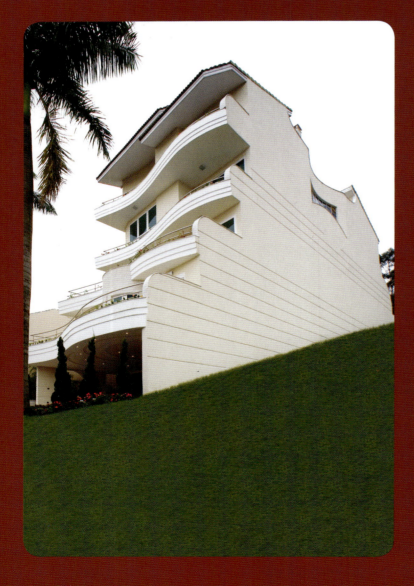

A luminotécnica desenvolvida na fachada da casa teve como principais objetivos valorizar a arquitetura das formas e volumes e o paisagismo de entrada.

A área de lazer é completa. Além do espaço gourmet, repleto de equipamentos em inox, dos sofás e mesas para apoio e refeição, os grandes vãos de vidro conferem leveza, harmonia e uma bela vista para quem estiver no ambiente.

No living, a proposta foi *clean*, com móveis e objetos de decoração em tons mais neutros. O toque de requinte está na lareira de mármore que utiliza gás natural e pedras vulcânicas.

Na sala de jantar, a vedete é uma mesa com 12 lugares, que confere elegância e conforto ao espaço. Um lustre de cristal e um amplo espelho na parede compõem o ambiente. O arquiteto também projetou um bar que funciona como ponto de apoio. Ele foi especialmente desenhado com as mesmas formas e curvas do gesso de teto. O espelho instalado ajuda a ampliar ainda mais a sala e valoriza todo o entorno.

Nos móveis do home theater foram usados nichos com espelhos e painéis em laminado de madeira e laca branca. O desenho em ondas no forro de gesso do teto, aliado ao projeto de decoração, confere aconchego ao espaço.

O mezanino, que funciona como hall para a distribuição dos quartos da ala íntima da casa, recebeu um vitral especialmente desenhado pelo arquiteto. Além de conferir beleza ao espaço, ele também ajuda a aumentar a iluminação natural da casa durante o dia, valorizando o desenho dentro do ambiente. À noite, as luzes artificiais do mezanino irradiam a beleza dos desenhos do vitral para o lado externo.

A sala de jogos é completa. Mesas de carteado, bilhar, tabuleiros de dama e xadrez, além de um espaço de bar e um sofá, compõem o ambiente.

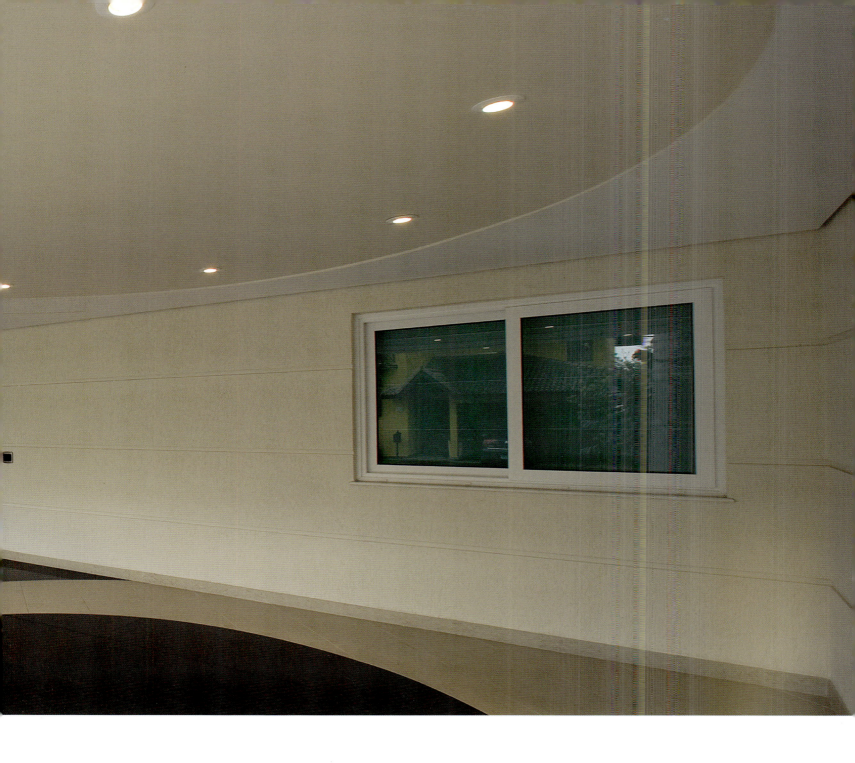

Neste ambiente de garagem, o arquiteto usou a forma circular na coluna de sustentação. No teto, o trabalho em gesso simula o reflexo do grande mosaico do piso em que as cores contrastantes valorizam as formas.

Esta sala de banho possui revestimento em mármore e a bancada da pia foi desenhada em forma de onda. No teto acima da banheira, um círculo com espelhos reflete a imagem da água.

O espelho da pia, em grandes dimensões, possui moldura em mármore, fazendo alusão ao projeto de acabamento. Seu formato reflete e valoriza as formas utilizadas por Kílaris.

O lavabo foi projetado com materiais nobres e um grande espelho para aumentar a amplitude. A ambientação conta ainda com um jardim interno criado na parte de baixo da bancada da pia.

O espelho e a madeira são os grandes destaques do ambiente que, aliados à luminotécnica, criam vários cenários para trabalho e relaxamento. A bancada de estudo foi especialmente elaborada para essa função, sem perder a plástica e a beleza do quarto.

A feminilidade é a alma deste ambiente, onde painéis circulares e fibra óptica na cabeceira da cama são as estrelas e conferem o diferencial. O espelho foi utilizado no tampo da mesa de trabalho, no móvel de apoio ao lado da cama e nos nichos desenhados para receber os objetos de decoração.

As cores branca, lilás e laranja foram usadas no quarto e o projeto luminotécnico valoriza a ambientação.

Neste quarto, a madeira foi usada como material nobre, mesclada aos tons pastel e à cor branca, formando uma composição harmônica.

A cozinha contemporânea foi planejada com uma ilha para cozimento de alimentos, facilitando a circulação no ambiente. A marcenaria foi projetada para organizar os utensílios domésticos. Os equipamentos em inox e as cadeiras em acrílico concebem um "ar" de contemporaneidade ao espaço.

Na lavanderia, foram usadas as cores branca e verde nas paredes, revestidas com pastilhas de porcelana e decoradas com vários círculos, estilizando bolhas de sabão e dando leveza e movimento ao espaço.

No teto, o gesso foi aplicado em forma de onda acompanhando a cor das paredes e o movimento da água. A luminotécnica oferece claridade necessária aos trabalhos realizados. No piso e bancada, foi usado granito preto.

CASA SANTA MÔNICA

Aquiles Nícolas Kílaris idealizou este projeto utilizando suas referências arquitetônicas gregas, que sempre permearam sua vida profissional. A criação de colunatas e o desenho da pérgola que se desprende da estrutura da casa são bons exemplos disso. O imóvel foi planejado para que um jovem casal morasse bem, com conforto e segurança. A fachada principal possui muros mais altos. Para evitar um ar carregado, foram usadas grades, que protegem e ao mesmo tempo interagem com o entorno.

Da grande varanda, integrada com o restante da casa, é possível avistar a piscina e a sauna.

INTEGRAÇÃO CONTEMPORÂNEA

A evolução da arquitetura caminha sempre em direção ao bem-estar das pessoas. Esta é sua verdadeira vocação. Por isso a opção por espaços integrados, com poucas paredes e divisórias, grandes vãos de janelas que permitam a entrada de luz natural e ventilação cruzada, vem sendo cada vez mais procurada. Esses elementos fazem parte do conceito de sustentabilidade, que busca o melhor aproveitamento dos recursos naturais.
Pensando dessa forma, um empresário de Americana, proprietário de uma agência de turismo, encomendou ao profissional uma casa nestes moldes para atender as necessidades de sua família, formada pela esposa e duas filhas gêmeas. Seu principal desejo era construir um imóvel que refletisse suas características pessoais, seu espírito despojado e ao mesmo tempo seu gosto refinado e aventureiro.
Living, sala de jantar, cozinha, espaço gourmet, área de lazer e até home theater estão interligados, oferecendo mais conforto e amplitude. Projetos dessa natureza preveem espaços fechados apenas nas áreas íntimas de quartos e banheiros.

Na fachada, as curvas estão presentes nas lajes sobrepostas que plasticamente concedem movimento à estrutura do projeto. No interior do imóvel, a escada foi projetada como uma escultura que abre em forma de leque tendo em sua base um jardim.

CASA IATE CLUBE

O profissional realizou o projeto arquitetônico de uma residência contemporânea, em um terreno localizado em um condomínio fechado no interior de São Paulo. A casa deveria possuir três suítes, área de lazer com espaço gourmet, piscina e cascata. A fachada possui elementos plásticos, jogos de telhado, volume e curvas que formam contraplanos. O projeto contemplou ainda grandes aberturas de janela e volume central.
A residência foi planejada sem muitas divisões internas na área social, onde o pátio da piscina está voltado para todos os ambientes internos. O projeto foi delineado para valorizar a área de lazer, que ficou ampla, aconchegante e integrada com a área social.

Uma grande varanda "abraça" a área de lazer e tem como principal atrativo a vista para a paisagem de entorno e a piscina. Na decoração *clean* foram usadas cores suaves, contrastando com a cor terracota do muro.

DREAM HOUSE

O sonho de um casal de empresários do interior paulista era viver com os filhos em uma casa de traços contemporâneos, linhas curvas e nuances rústicas. Coube a Kilaris a tarefa de concretizar este desejo e projetar uma residência de 537 metros quadrados, em um condomínio fechado, que contemplasse todos estes elementos. A arquitetura utilizada pelo profissional privilegiou a simetria, as formas curvas e grandes aberturas de janelas, valorizou e integrou toda a natureza e o entorno e trouxe para dentro da edificação amplitude e bem-estar.

A área de lazer, o espaço gourmet e a piscina, de formato orgânico com cascata e pérgola, estão totalmente integrados com a ampla varanda e as sacadas voltadas à área social da casa. Estes espaços abraçam o jardim e o lazer, fazendo contato direto com o living e os dormitórios. Com todos esses cuidados, o projeto se transformou em uma verdadeira obra de arte, onde a harmonia e o bem-estar prevalecem. O ambiente é contemplado ainda por um pequeno campo de futebol e sala de ginástica envidraçada, voltada para a piscina e o paisagismo.

CASA ALTOS DA REPRESA

A vista deslumbrante da Represa Salto Grande foi a motivação de um casal de empresários de São Paulo para comprar um terreno em um condomínio fechado em Americana e mudar para a cidade. A ideia era construir uma casa para receber os filhos casados nos finais de semana e também oferecer conforto ao filho mais novo que ainda morava com os pais. O projeto deveria ser completo, com todos os atrativos para reunir a família que viria de longe para deliciosos finais de semana. O arquiteto Kilaris idealizou a casa utilizando o estilo próprio de arquitetura, com as linhas curvas, jogos de telhado, cruzamento de ventilação e aproveitando ao máximo da bela vista no fundo do terreno. A fachada frontal foi projetada com linhas côncavas e convexas, que concedem movimento ao traço arquitetônico. O ponto alto está na área de lazer, totalmente integrada, funcionando como o coração da casa.

A área de lazer foi planejada de forma completa, com piscina, spa aquecido, prainha e bar aquático, iluminação por fibra óptica e queda d'água pela laje superior. Para dar movimento e representar o fundo do oceano, a piscina foi revestida com pastilhas em diversos tons de azul formando desenhos variados.

No espaço gourmet do lazer foi construída a churrasqueira, o fogão e o forno a lenha, além de um balcão tipo bar.

A bela vista da represa pode ser contemplada da grande varanda superior, com três arcos plenos e a laje curva, que abraça toda a área de lazer e paisagismo. Ainda sobre a laje da área de lazer foi projetado um terraço descoberto revestido com grama sintética para ser usado como um campo de minigolfe.

A casa foi concebida com três alas distintas. A ala central faz o papel de hall de entrada, circulação para o andar superior e grande living, dando acesso pela escada à varanda e sacada. Na ala direita foi projetada a garagem, o acesso de serviços, cozinha e abastecimento para a área de lazer. Na ala esquerda, a sala de estar, o home theater e o ateliê. No piso superior ficam as suítes, todas com varandas.

CURVAS NO CAMPO

Levar ao campo o conforto e a beleza de uma casa urbana. Esse foi o desejo do cliente ao solicitar um projeto arquitetônico para Aquiles. O arquiteto projetou uma casa com jogos de telhado e elementos contemporâneos que foram harmonizados com um toque rústico, concebido pelo uso de madeira e rochas ornamentais. Uma ampla varanda confortável resgatou o conceito dos grandes casarões de fazenda. O projeto contou ainda com uma grande área gourmet com vista para a propriedade.
O ambiente da piscina conta com o arco da cascata e um spa com jatos de hidromassagem. A área molhada é revestida com pastilhas em três tons de azul. Nos caminhos de integração do paisagismo foram criadas placas circulares de concreto e seixo branco.

CURVAS NA CIDADE

Harmonizar e integrar em um mesmo projeto residencial dois terrenos, um ao lado do outro, adquiridos em épocas diferentes. Essa era a intenção de um casal de empresários com filhos pequenos que buscou na experiência de Kilaris a melhor solução arquitetônica para concretizar o desejo da família.
O casal desejava aumentar a área construída usando o terreno recém-adquirido para tornar a área de lazer mais agradável e espaçosa. Kilaris já havia elaborado o projeto da casa e coube a ele a tarefa de criar uma área de lazer prazerosa e que seguisse o mesmo partido arquitetônico da casa principal, prevalecendo as linhas curvas, as formas orgânicas e os jogos de telhado.
O novo espaço ganhou espaço gourmet, sauna, piscina e garagem com dupla função, podendo ser usada como ambiente em dias de festa.

Por se tratar de uma casa localizada em um centro urbano, havia uma preocupação em garantir a segurança da família. Pensando nisso, o profissional criou um muro frontal alto, com uma volumetria diferenciada. Os portões também foram planejados com desenhos e molduras. Com essas soluções, Kílaris deixou o visual mais leve e seguro ao mesmo tempo.

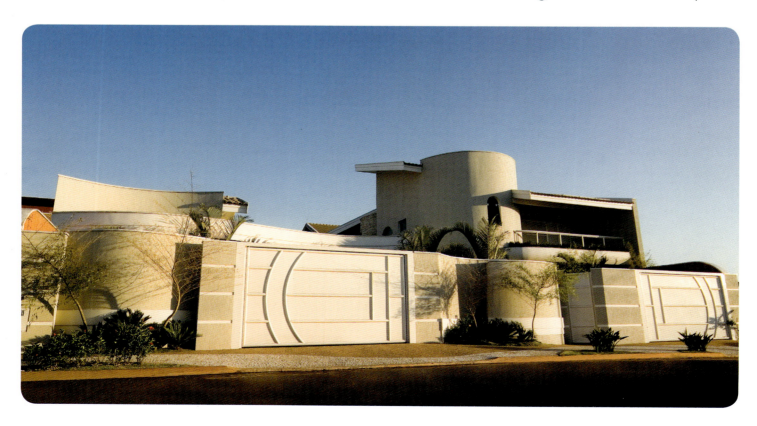

CASA GUAECÁ

As curvas e formas sinuosas de Kílaris desceram a serra e imediatamente se integraram à paisagem litorânea repleta de cores e relevos diferenciados. A casa de praia pertence a um casal de empresários que desejava aproveitar o local nos finais de semana com a família.

Ela foi projetada com quatro suítes voltadas para a parte interna da varanda. Uma das saídas da propriedade dá acesso ao gramado que leva diretamente ao mar.

Preocupado com as questões de sustentabilidade e por tratar-se de um imóvel localizado no litoral, onde o calor é constante, o arquiteto posicionou a casa pensando no cruzamento de ventilação, para que ela ficasse sempre refrigerada. Para tanto, usou o recurso de grandes vãos de janelas, que facilitam a passagem de ar e permitem a entrada de claridade. O projeto também contemplou o aquecimento solar, como forma de economizar energia elétrica.

A piscina é a vedete da área de lazer e abraça o corpo da casa. Ela possui spa, queda d'água e banquetas aquáticas que fazem comunicação com o espaço gourmet e a churrasqueira.

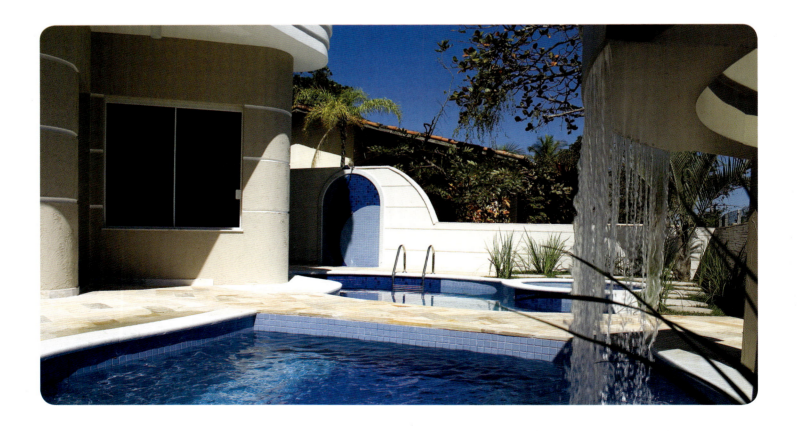

PROJETOS CORPORATIVOS

Fachadas harmônicas, formas côncavas e convexas, curvas sinuosas e muito movimento. Assim são concebidos os projetos corporativos do profissional, que considera o local de trabalho uma extensão da casa para muitas pessoas e por esse motivo faz questão do traçado inovador, que transforma a arquitetura em uma obra de arte. Fábricas, supermercados, restaurantes e escritórios comerciais são projetados com foco na funcionalidade. Fruto de muito estudo e pesquisa, o projeto é analisado pontualmente por Kilaris para que o prédio corporativo esteja perfeitamente adequado às pessoas que trabalham e também aos visitantes. Por fim, o projeto prima pela beleza estética, aconchego e bem-estar.

O projeto arquitetônico deste escritório de advocacia contempla um estilo contemporâneo. O profissional usou formas côncavas e convexas, transformando a fachada em uma verdadeira obra de arte. A área edificada tem a medida certa e a sobriedade de um ambiente de trabalho, aliada a uma beleza que encanta os olhos.

As linhas aerodinâmicas e arrojadas da fachada refletem o trabalho da empresa de tecnologia e desenvolvimento de *softwares*.

O projeto deste Day Hospital alia arquitetura aos novos conceitos de atendimento.

Na portaria da Goodyear do Brasil: o estilo característico do profissional é emoldurado pela natureza.

A sede do campo de provas e pista de testes da Goodyear na América Latina foi projetada com linhas curvas que concedem movimento à fachada.

No projeto desta tecelagem no interior paulista predominam as formas arrojadas, os volumes e os materiais de vanguarda.

A fachada deste edifício corporativo foi concebida para representar uma obra de arte.

O projeto arquitetônico do restaurante privilegia o traçado curvo, revisitando a linha clássica em arcos, frontões, molduras e entablamentos.

Após passar por uma reforma, a fachada deste prédio ganhou linhas curvas e materiais nobres.

O projeto de padronização da rede de supermercado valorizou a marca, criando uma tipologia contemporânea baseada nas linhas curvas e luminotécnica.

Duas curvas sobrepostas são o partido arquitetônico usado por Aquiles para esta clínica de neurologia. Em seu interior estão presentes obras de renomados artistas plásticos brasileiros, aliando em um mesmo ambiente arquitetura e cultura.

Neste prédio contemporâneo, o estilo do profissional alia o traçado arquitetônico com a racionalidade de sua função.

Formas, volumes e materiais requintados valorizam a sede da XT Internacional.

No interior da empresa, a integração harmônica entre recepção, salas de trabalho, jardins e espelhos d'água.

Projeto de um estádio de rodeio com capacidade para 45 mil pessoas.

Em 2006 o arquiteto Aquiles Nícolas Kílaris decidiu transformar parte de seu acervo de projetos em uma exposição itinerante, batizada de "Curvas na Arquitetura Brasileira". O principal objetivo desse trabalho é difundir a arquitetura como forma de arte. A mostra, formada por 20 painéis de vidro, já esteve exposta em inúmeras cidades brasileiras, sempre montada em lugares de grande concentração de pessoas, como hotéis e shoppings. Os painéis de 1,90 metro de altura por 1 metro de largura trazem fotos de projetos, concepção, reformas, interiores e registro de antes e depois do trabalho realizado.

As 40 fotos coloridas, de 90 centímetros por 70 centímetros, ocupam os dois lados dos painéis. Maquetes de residências também integram a exposição, que realiza um resumo da obra do arquiteto que trabalha

MOSTRAS

basicamente com formas orgânicas e linhas sinuosas.
Transportar essas formas para projetos arquitetônicos é o desafio de Aquiles. Autoridade no assunto, ele deixa registrada sua marca em cada trabalho. Nessa exposição, o arquiteto abre seus arquivos e apresenta o que cria de mais contemporâneo e inovador.

Campinas Decor 2005

O Terraço dos Jovens foi o ambiente de estreia do arquiteto Aquiles Nícolas Kílaris na Campinas Decor. Desde então, o profissional vem participando de todas as edições da mostra. O projeto foi concebido para realizar a integração harmônica com a natureza por meio do elemento água, presente no spa e na cascata, feitos especialmente para recarregar as energias. A cor verde também é uma referência e foi usada no piso do jardim suspenso em forma de grama sintética.

Para integrar o ambiente ao restante da casa foi criada uma cobertura que abraça os acessos aos dormitórios. A tecnologia esteve presente com uma TV de plasma e com um sistema que realizava o controle de todos os equipamentos de forma remota, por meio de uma ligação telefônica. Os usuários podem, por exemplo, encher o spa e ligar a iluminação antes mesmo de chegar em casa, pelo celular.

Campinas Decor 2006

Em 2006, Kílaris assinou o ambiente "Suíte da Psicóloga", durante a 11ª edição da Campinas Decor, realizada em um condomínio fechado da cidade. O espaço, de 30 metros quadrados, apresentou um diferencial arquitetônico, valorizando as linhas curvas. Com desenho exclusivo e design contemporâneo, os espaços foram criados de forma personalizada.
Kílaris desenhou uma peça única que concentra todos os elementos básicos do dormitório. As paredes e o teto foram unificados tornando-se sem cantos e junções. A ideia do profissional foi criar uma peça única que deixasse a energia fluir.
A composição da suíte tinha ainda um aparador e um espelho redondo. Os cantos do closet foram arredondados seguindo o estilo do profissional.
Foi projetado um móvel que contemplou a cama sem cabeceira, uma grande luminária e um nicho para a televisão de plasma. Os principais materiais utilizados foram carpete, madeira e gesso.

Campinas Decor 2007

O estilo happy decor, que tem como principal característica trazer alegria para dentro de casa por meio das cores da natureza, invadiu a 12ª Edição da Campinas Decor. Kílaris difundiu este estilo no projeto do ambiente "Sala da Família, Terraço e Hall".
Este movimento começou nos Estados Unidos e seu objetivo é de transformar a atmosfera da casa com as cores encontradas no meio ambiente.
Verde, laranja, vermelho e azul foram usados para colorir almofadas, adornos, luzes, objetos de decoração e encher o espaço de alegria. Nos 50 metros quadrados do ambiente, o profissional criou um clima confortável. Os móveis são neutros, em tons de cru. As cores, próprias do happy decor, estão nos acessórios e no painel de madeira com nichos.
Esse painel é o cenário do ambiente, elemento principal da luminotécnica, que troca a cor das luzes, renovando e alterando a sala. Nos nichos do painel foram colocados objetos que, além de decorativos, são funcionais.
No teto foi desenhado um vitral colorido que acompanha o movimento de linhas curvas do gesso. Outro destaque foi o guarda-corpo em inox, feito sem a tradicional coluna, que leva a assinatura de Kílaris.

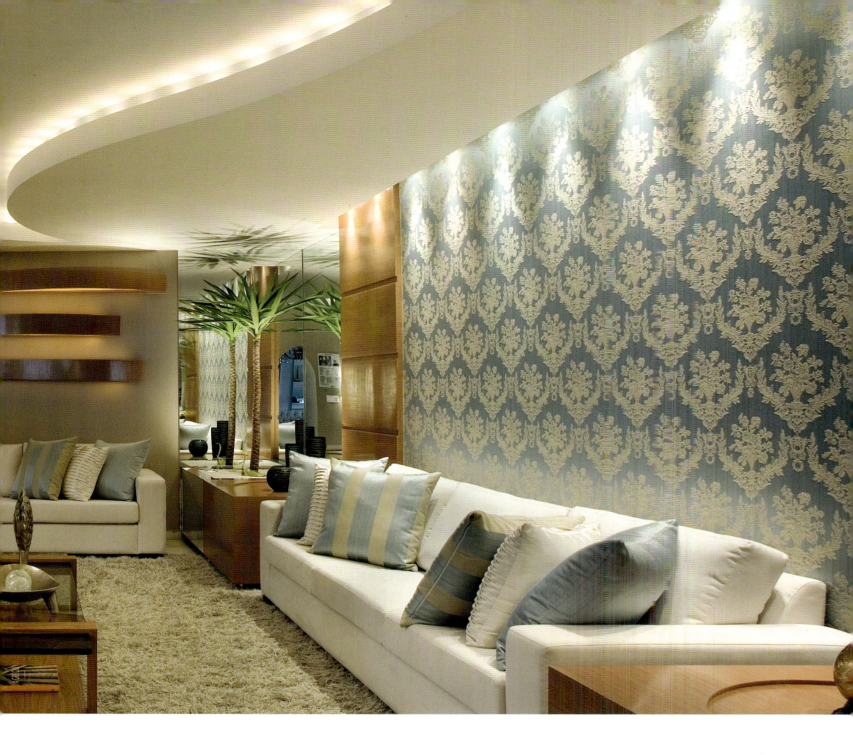

Casa Cor Interior 2008

Linhas curvas e projeto arrojado. Essas são as marcas registradas de Aquiles, que em 2008 projetou o living de 54 metros quadrados da Casa Cor Interior SP 2008, na cidade de Piracicaba. Ele planejou o espaço com objetivo de criar um ambiente multiuso, com espaços para descanso, convívio, leitura e reunião. Os móveis foram feitos em madeira ecológica (MDF) e a tecnologia está presente nos efeitos luminotécnicos. Na decoração contemporânea, as cores claras e os tons de azul predominam. O mesmo tecido da cortina foi aplicado na parede. O destaque foi a escultura em forma de ondas, feita de madeira e vidro, instalada na parede frontal do living. Essa escultura, criada com exclusividade por Kílaris para a mostra, possui um efeito de formas, sombras e luzes que trocam de cor.

Campinas Decor 2008

Na 13ª edição da Campinas Decor, Kílaris assinou o projeto de arquitetura da Galeria do Restaurante. O espaço contemporâneo buscou um contraponto à arquitetura centenária da Estação Guanabara, restaurada durante a mostra. O ambiente de 337 metros quadrados abrigou as exposições "Curvas na Arquitetura Brasileira", de Aquiles Nícolas Kílaris e "Interiores Contemporâneos", da designer de interiores Iara Kílaris. O profissional uniu o belo ao funcional, reproduzindo na obra as formas da natureza, representadas por pétalas de rosa que formavam as paredes da Galeria. Para conseguir esse efeito, foi utilizado um sistema construtivo inovador que tem como característica a possibilidade de uma arquitetura instantânea. As paredes em Dry Wall (gesso) resistentes às intempéries, foram erguidas rapidamente, podendo ser usadas em formas e desenhos variados.

Casa Office 2008

Tecnologia, beleza e versatilidade. Essas foram as propostas que o arquiteto Aquiles apresentou na mostra Casa Office, versão da Casa Cor para escritórios, realizada em 2008, no Jockey Club em São Paulo. O profissional assinou o ambiente "Escritório de Arquitetura Corporativa". O espaço de 60 metros quadrados trouxe os elementos da natureza para o universo corporativo. Por tratar-se de uma sala para negociação de projetos, o profissional concedeu ao ambiente uma sensação de bem-estar e trabalho ao ar livre. A imagem de um céu natural foi ambientada no teto. O forro de gesso com desenho plástico simulou uma nuvem. O projeto contou ainda com uma escultura de madeira e vidro em forma de ondas, localizada logo na entrada do ambiente, que troca de cor e foi projetada com exclusividade para a mostra.

Campinas Decor 2009

A sustentabilidade na arquitetura já é uma realidade e todos reconhecem a importância de um projeto que colabore com a preservação do meio ambiente. Kílaris foi além e propôs a sustentabilidade nos traçados arquitetônicos e no design de interiores, recriando e reproduzindo, dentro de um ambiente fechado, a tranquilidade da natureza. Este novo conceito foi aplicado durante a Campinas Decor 2009, realizada no Instituto Agronômico de Campinas. O arquiteto desenvolveu o ambiente "Family Room", de 30 metros quadrados. Ele desenhou no teto de gesso uma folha estilizada, retratando a ideia de reunir a família à sombra de uma árvore. Nas paredes, a cor verde e os quadros com plantas naturais substituíram as telas pintadas por artistas plásticos. Em contraponto à natureza, o ambiente ficou rico em automação

Casa Cor 2009

Viajar no tempo e se aventurar em uma época muito além da que vivemos. Essa foi a proposta do arquiteto ao projetar o ambiente "Suíte do Menino Futurista", na Casa Cor 2009, no Jockey Club, em São Paulo. A suíte de 25 metros quadrados teve como inspirações o nascimento do filho do profissional e sua paixão pelo tema espacial. Por se tratar de uma mostra de arquitetura, o profissional realizou um "projeto conceitual". O quarto, planejado para acolhimento, sono e estudo, passou a ser também um retrato do futuro e um cenário fértil para viver uma grande aventura. A cama foi projetada em formato de módulo espacial. No teto, destaque para a imagem da Terra vista do espaço, simulando uma grande janela de inspeção. Kílaris optou por uma decoração minimalista, nichos iluminados e carpete no chão.

Embalando o Bebê nas Estrelas

Viver no mundo da lua. Esse sempre foi o sonho de Aquiles, que na infância ganhou do pai um capacete da Apolo 11 e toda noite olhava para o céu e sonhava em ser astronauta. Já adulto, optou pela arquitetura por vocação, mas nunca deixou de se encantar pelo contorno das estrelas.
Quando descobriu que seria pai pela primeira vez, o arquiteto resolveu aliar a criatividade ao sonho de criança. Projetou para o pequeno Nícolas um quarto de astronauta e um berço em forma de espaçonave, com design exclusivo.
O móvel tem dimensões maiores que o padrão e no futuro pode ser transformado em uma cama para criança. O berço curvo por todos os ângulos possui duas janelas de inspeção. Um gavetão foi colocado na base do móvel para otimização de espaço.
Com 10 metros quadrados, o quarto do bebê é uma referência ao mundo encantado do Buzz Lightyear, o astronauta da animação "Toy Story". No espelho, foi aplicada a figura do personagem, criando assim um aspecto tridimensional e ampliando as dimensões do ambiente.
Para compor o quarto, foi projetado ainda um painel com círculos luminosos em acrílicos coloridos, que têm a função de abajur nas laterais; e fazem referência aos planetas do sistema solar. O ponto alto é o teto, onde a fibra óptica distribuída em inúmeros pontos troca de cor e faz uma alusão às estrelas. Ao centro, em uma abertura na forma circular, é possível visualizar uma figura da Terra vista do espaço.
Os móveis são pintados em laca branca, com uma tinta especial que não é tóxica. Fazem parte do mobiliário uma estante, uma escrivaninha e uma poltrona de amamentação. Detalhes de parede, almofadas, colcha, cortina e estofados levam tons de verde e azul.

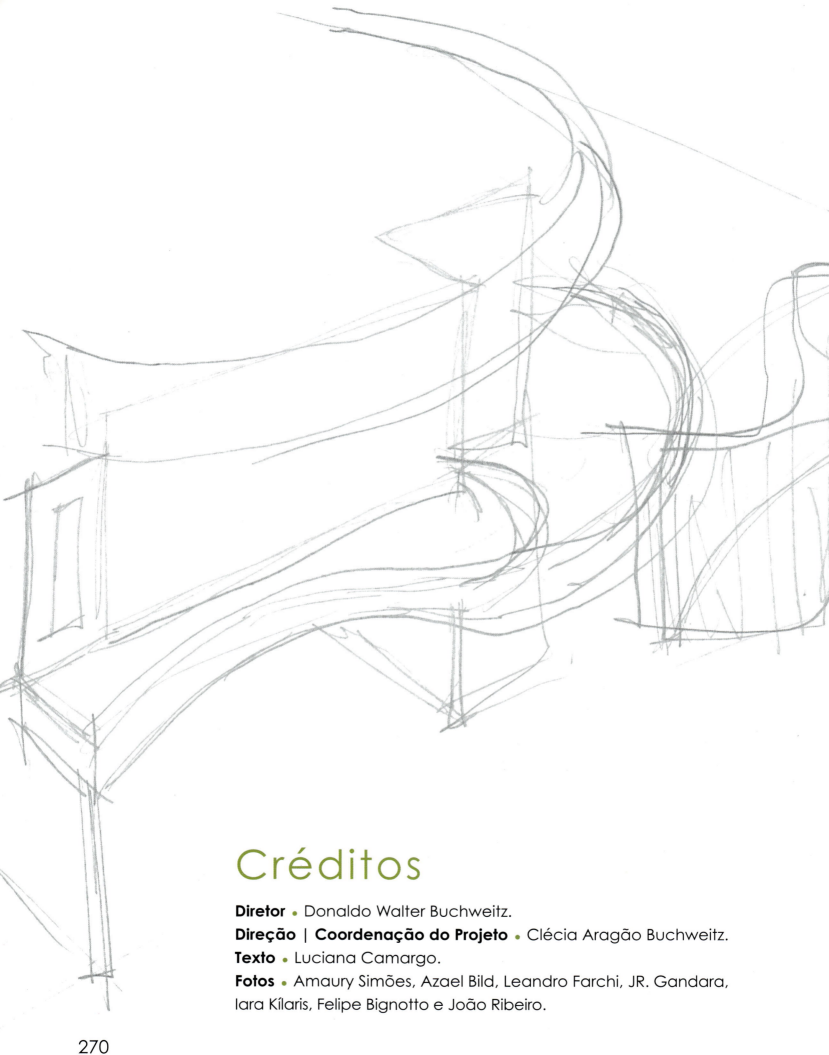

Créditos

Diretor • Donaldo Walter Buchweitz.
Direção | Coordenação do Projeto • Clécia Aragão Buchweitz.
Texto • Luciana Camargo.
Fotos • Amaury Simões, Azael Bild, Leandro Farchi, JR. Gandara, Iara Kílaris, Felipe Bignotto e João Ribeiro.

Agradecimentos

Minha história pessoal está irremediavelmente mesclada à história do meu trabalho. Cada página deste livro traz um pouco de mim, de minha família, de minha trajetória.

Pelas mãos de minha mãe, descobri desde cedo meu talento para o desenho e a arquitetura como expressão de arte.

Com os conselhos e as críticas construtivas de meu pai, aprendi a valorizar o que sou e a buscar a qualidade em tudo o que faço.

Na faculdade de arquitetura, tive a felicidade de conhecer o saudoso arquiteto e professor Antonio da Costa Santos, importante orientador para minha formação.

Ao lado de Iara, esposa e companheira para todas as horas, encontrei apoio para tudo que desejo realizar. Seu talento e senso apurado de estética contribuem para complementar os projetos de interiores que executamos.

Por meio da confiança e do respeito dos clientes pude concretizar o projeto de vida de cada um.

Com a chegada do pequeno Nícolas tive uma fonte inesgotável de inspiração para trabalhos cada vez mais ousados e criativos.

Com este universo que me cerca e a equipe que auxilia minhas atividades profissionais no dia a dia, tenho ajuda para viabilizar tudo o que realizo e o que ainda sonho realizar.

A todos vocês, os meus sinceros agradecimentos.